38

6.

I0546688

Campagne de Crimée.

STANCES

ADRESSÉES

A SA MAJESTÉ L'EMPEREUR

NAPOLÉON III,

PAR M. BÉCHET.

Prix, 1 fr.

Se vend à la Bibliothèque de St.-Vincent-de-Paul au profit de l'œuvre des Bons Livres et de la Chapelle des Tours.

MACON,

IMPRIMERIE DE ROMAND, RUE ROCHETTE, 6.

Ye 38169

MONSIEUR,

L'Empereur a reçu les vers que vous lui avez adressés ;
Sa Majesté a daigné en agréer l'hommage et donné l'ordre
de vous en remercier.

Recevez, etc.

Le Sous-Chef du cabinet de l'Empereur,

ALBERT DE DALMAS.

L'Arrivée en Orient.

L'Occident ne veut plus que de vaines querelles
Troublent le continent, il lève ses drapeaux ;
Et déjà ses vaisseaux passant les Dardanelles
Du beau lac de Stamboul viennent couvrir les eaux.
Aux acclamations des rives des deux mondes
Mêlant de leurs canons les saluts protecteurs,
Ils viennent se dresser, ils font bondir les ondes.
Peuples tendez les bras à vos libérateurs.

Oh ! s'il est beau de voir nos lignes d'embossage,
Et de nos pavillons les flottantes couleurs,
Pour ceux dont nous venons relever le courage,
Pour ceux dont nous venons dissiper les terreurs.
Dequel aspect pour nous est aussi le Bosphore !
Nous touchons de la main aux deux grands continens ;
On voit, dans leur éclat, le couchant et l'aurore,
Dans un même tableau vingt tableaux différens.

Si le Panorama, le plus beau de la terre,
Déroule à nos regards tant d'attraits merveilleux,
Aux méditations, il ouvre aussi carrière ;
Que de moralités nous redisent ces lieux.
Là des peuples dormant dans le linceul des âges,
Des arts, de l'éloquence ont été les flambeaux.
Des peuples et des grands les passions volages
Et les dissenssions ont creusé leurs tombeaux.

Ce passé nous remplit du plus suave arôme,
Les voix de ses grands saints, de ses savants docteurs,
Du pieux Nazianzé et de saint Chrisostôme,
Viennent surtout parler à la voix de nos cœurs.
Quel éclat ont jeté du premier Théodose
Et de Justinien la sagesse et les lois.
Bélisaire, Narsès, quelle superbe pose
Le Bas-Empire prit sur vos brillants exploits !

1856

Quelle autre grande voix vient parler à notre ame !
D'héroïques douleurs elle semble venir,
Oh oui ! Patiologue a droit à sa réclame.
Sa fin chevaleresque est un beau souvenir.
Il perd en combattant la vie et la couronne.
Dieu veut sur lui punir l'erreur de Photius
Il détruit son empire, ainsi que Babylone
Qu'il livre, en sa colère, aux armes de Cyrus.

Et voilà leur cité ! quatre noms la couronnent :
Son vieux nom de Bysance et du grand Constantin
Le nom que de respects les siècles environnent :
Le titre que lui donne un empire Latin.
Le nom qu'elle a reçu des enfants du Prophète :
Qui fut notre terreur... mais qu'est-il aujourd'hui,
Un nom contre lequel gronde fort la tempête !
Il ne périra pas, car nous sommes pour lui.

De l'admiration, que cet aspect fait naître,
Nous sommes tous saisis... grandiose cité !
Quand sortant du détroit on la voit apparaître,
Dans l'éclat d'un ciel bleu, tout de sérénité,
Sous les feux du soleil qui sur elle se lève,
Qui sur les croissans d'or aux dômes des palais,
Se mêle en scintillant, on croirait faire un rêve.
Non, non... c'est bien Stamboul admirable à jamais.

Guerriers de l'Occident aux plages du Bosphore,
Vous entendez des cris couvrant la voix des flots,
C'est du peuple Ottoman la voix qui vous implore
Et vous lui répondez soldats et matelots !
L'Orient ouvre aussi pour vous ses grandes pages.
Vos enfants y liront, fiers de votre valeur,
Que vous avez porté nos aigles sur ces plages,
Soutenu la justice au nom de l'Empereur

Au secours du Sultan l'Empereur vous envoie,
C'est une mission que vous saurez remplir,
Si le peuple Ottoman se livre à tant de joie,
C'est qu'il voit des guerriers prêts à le soutenir;
Défendez du Sultan le droit héréditaire.
La bonne foi, l'honneur éclairent son divan,
Il suit avec orgueil la voie humanitaire,
Ouverte aux Osmanlis par Mahmoud, grand Sultan.

Le Czar des Romanoff suit la haute pensée,
Prendre Constantinople et régir l'univers,
Toute sagesse est là.. quelle audace insensée !
Quoi ! nous serions comptés dans les peuples divers,
Que l'autocrate tient sous sa haute puissance,
Une Czarine un jour dit, en char triomphal :
« La Tauride est pour nous le chemin de Bysance. »
Pour l'Occident surtout il deviendrait fatal.

L'esprit envahisseur germe, de race en race,
Au sol caucasien.. il domine les Czars
On les voit constamment poussés par son audace,
Croyant qu'ils ont les droits laissés par les Césars,
Croyant qu'ils ont d'eux seuls tiré leur origine,
Eux qui sont descendus d'un Pope de Casan,
Du trône de Stamboul méditer la ruine,
Et jeter chaque jour leurs défis au Sultan.

On les dit quelquefois du sang de Mithridate,
Leur noblesse serait de haute antiquité,
Au fameux Roi de Pont on voit chaque autocrate,
Ressembler par la ruse et par l'iniquité,
Pour soutenir les droits de l'église orthodoxe
Nicolas fut venu confisquer les détroits
Ainsi fit Mithridate.. et de la Cappadoce
Et de la Bythinie il dépouilla les Rois.

Et que le Czar soit donc maître des deux Bosphores,
L'Occident passera sous son joug inhumain,
Lui.. peut-il voir briller nos couleurs tricolores,
Il veut les effacer encore de sa main.
Il veut porter aussi jusque sur la Tamise
Le flambeau de sa foi.. lui porter ce flambeau,
L'erreur de Photius a fondé son Eglise,
C'est du catholicisme un dégoûtant lambeau.

L'Autocrate avait cru de facile conquête
Les états du Sultan... aux bords danubiens,
Vers les Balkans il marche... Omer Pacha l'arrête
Et jète dans les flots tant de millliers des siens.
Le Czar sur Silistrie a porté sa colère.
Attends-toi Silistrie au sort d'Ismaïlow.
Son drame épouvantable est l'horreur de la terre,
Il a fait éxécrer le nom de Suvarow.

Le Suvarow du jour prendra-t-il Silistrie!
A la brèche il conduit des masses de Kalmoucs,
Un guerrier à l'assaut sans cesse le défie,
L'héroïque Moussa... là restent sous ses coups,
Les Slaves par milliers, Kalmoucs et Tartares,
Qu'une aveugle fureur mène aux brèches des forts.
Les guerriers Ottomans ne sont point des barbares,
Mais toujours les guerriers aux généreux transports.

Voilà donc Gorschakoff trompé dans son attente,
Du camp des alliés il voit fumer les feux,
Il a vu Saint-Arnaud, Raglan dresser leur tente,
Et lui lève la sienne et s'enfuit tout honteux.
Dans nos camps s'est jeté le fléau de l'Asie,
L'invisible ennemi, cette infernale horreur...
Ce fléau... de Varna le terrible incendie,
Sont l'épreuve déjà d'une haute valeur.

Et pourquoi vers nos camps vole l'aigle à deux têtes,
Le César des Germains est-il enfin pour nous :
Sa sagesse est hostile à l'esprit des conquêtes,
Et veut en prévenir les trop longs contrecoups.
Laissons dit Saint-Arnaud, cette aigle pacifique
Se promener ici... la nôtre prend son vol,
Et planera bientôt sur la rive taurique,
Sur un nid de vautours... oui sur Sébastopol.

Toi... mer du Pont-Euxin retiens tes gros orages,
Et que ton flot propice emporte nos vaisseaux,
Eux portent nos guerriers, ces sublimes courages.
Les vaisseaux du grand Roi couvrant toutes tes eaux
Et que tu submergeas par tes grandes tempêtes
Méritèrent leur sort, car l'orgueilleux Xercès
Allait contre la Grèce à de folles conquêtes...
Nous, nous allons du Czar arrêter les excès.

Du Czar à Bomarsund pâlit aussi l'étoile,
Mais la nôtre est partout d'un éclat radieux.
Le vent nous favorise, il fait enfler la voile,
Nous allons donc venger l'attentat odieux,
Que le fier Autocrate a commis sur Sinope.
Oui... nous effacerons ce grand point du départ,
D'où voulait s'élancer pour asservir l'Europe,
La flotte que la nôtre étreint dans ce rempart.

Bataille d'Alma.

L'armée a salué la terre moscovite,
La Crimée... au théâtre, à sa valeur promis,
Toute pleine de joie elle se précipite,
Et bat au premier choc, de nombreux ennemis,
Qui des monts de l'Alma vont couronner la chaîne,
Prêts à la foudroyer par cent bouches à feu.
Oh! Menschikoff croit bien l'arrêter sur la plaine,
Faire de sa déroute un prompt et simple jeu.

A demain, Menschikoff, nous ferons d'autres joutes,
Nos jouteurs ont besoin de prendre du repos.
Oui nous viendrons demain monter à tes redoutes
A la place des tiens arborer nos drapeaux.
Aux sons électrisans des corps de l'harmonie,
Menschikoff a revu marcher nos légions,
Nous lui donnons l'aubade; à notre symphonie
Menschikoff fait répondre à grands coups de canons

Et son premier boulet frappe au trente-neuvième,
Poidevin qui portait en avant son drapeau;
On bat la charge, on marche, et c'est toujours de même...
De même qu'on marchait vers le plateau d'Eyleau.
Bosquet à Menschikoff s'en va donner le change,
Il s'en va bravement tourner une hauteur;
Il est à son sommet, sa superbe Phalange
En fait partir le cri de vive l'Empereur.

Alors dit Saint-Arnaud d'une voix forte encore,
Qui bientôt s'éteindra « Français, hommes de cœur
« *Braves*, portons là haut le drapeau tricolore,
» Le drapeau qui reflète à nos yeux la splendeur
» D'Austerlitz et d'Eyleau, champs de gloire où nos pères
» Ont mérité le nom d'invincibles soldats. »
— Oui, oui — lui répondront ses phalanges guerrières
— Nous voulons mériter le renom des combats.

L'armée a de l'Alma bientôt franchi la rive,
Sans souci de la mort qui fait vide en ses rangs.
Les blessés, les mourans n'ont pas de voix plaintive ;
Victoire ! c'est le cri des blessés, des mourans.
Là pleuvent sans cesse les boulets, la mitraille,
Saint-Arnaud, Canrobert, Thomas, Napoléon,
Forey, Raglan, Cambridge ont au champ de bataille
Conquis en vrais soldats le glorieux renom !

Et l'on monte là haut vers les fortes redoutes
D'où Menschikoff croyait nous jeter à la mer.
Zouaves et chasseurs ouvrent vers lui des routes.
Ils sont sur ses canons, sur lui croisent le fer,
Ceux qui savent si bien courir sur les Kabyles,
Escalader leurs *pics* aux flancs du *Jurjura*,
Doivent donc les premiers forcer les Thermopyles
Qu'oppose Menschikoff sur les bords de l'Alma.

Les Anglais marchent là dans la grande tenue,
Ainsi que dans Hid-Parc, ces somptueux jardins,
Ils marchent l'arme au bras, passant une revue,
Sous les yeux de la Reine et des fiers citadins.
Oui... l'armée est là haut et de ses bayonnettes
Aux Russes court porter les formidables coups.
Vous êtes, alliés, de fameux athlètes,
Quatre heures de combat la victoire est à vous.

Les Russes sont vaincus, de toutes parts en fuite,
Et dans un pêle mêle égayant les vainqueurs.
Nos boulets, nos obus leur font chaude conduite
Nos soldats les chassant, debout sur les hauteurs,
Sont rayonnans de joie en les voyant descendre,
Jeter, pour mieux courir, leurs sacs et leurs fusils.
A ce succès si prompt devions-nous nous attendre?
Les peuples d'Occident ont de courageux fils.

Oh! nous avons perdu des amis et des frères,
Que de ciprès mêlés aux lauriers éclatans!
Sparte voyait toujours se réjouir ses mères,
Quand leurs fils étaient morts parmi ses combattans.
La mort au champ d'honneur était l'apothéose,
France, Grande-Bretagne aux guerriers sans égaux,
Qui vont vous rapporter un drapeau grandiose,
Préparez les honneurs de vos arcs triomphants.

Saint-Arnaud parcourant le champ de sa victoire,
Où se sont déployés ses talens, sa valeur;
Dit « Soldats, vous avez acquis beaucoup de gloire,
» De vous seront contents la France et l'Empereur.
» Vous avez emporté des hauteurs formidables,
» Sous le vomissement de plus de cent canons,
» La guerre devant vous n'a plus de lieux tenables. »
Et de sa voix l'armée entend les derniers sons.

Bataille d'Inkermann.

Jusqu'à Sébastopol sur l'aigle moscovite,
Notre aigle a poursuivi son vol impétueux;
Canrobert sous les murs arrête sa poursuite;
Dans les embrasements d'une zône de feux,
Canrobert ne veut pas que notre aigle s'élance,
Il fera cheminer jusqu'au pied du rempart,
Préparer à l'assaut la plus heureuse chance,
Mais vers Balaclava rugit le Léopard.

L'aigle y vole, elle voit les dragons de la Reine
Chargeant avec sang-froid des masses d'ennemis,
Et des Tunisiens que la panique entraîne,
Fuyant du champ d'honneur, y laissant leurs amis.
Ils n'ont pas vu le feu, le canon les étonne,
L'aigle leur lance un œil de rage et de pitié,
Et Bosquet, à son cri, réunit sa colonne,
Court donner aux Anglais nos preuves d'amitié.

L'intrépide Bosquet sur les Russes s'élance,
Et les fait chanceler sous ses premiers efforts,
Les dragons ralliés que soutient sa vaillance,
Les chargent de nouveau, leur passent sur le corps.
Oh ! qu'à Balaclava fait honneur à nos armes
Le commun dévouement des Anglais, des Français !
Mais nous sommes encor dans les vives alarmes,
L'œil de l'aigle a percé dans un brouillard épais.

Elle voit au lointain comme une mer houleuse,
Quand fait bondir ses flots le terrible ouragan,
Des masses s'agiter dans la vapeur brumeuse,
Surprendre tout-à-coup les soldats de Raglan.
Déjà beaucoup d'entr'eux dans les flots disparaissent,
Elles viennent heurter au carré de Cathcart ;
Mais en vain contre lui vingt fois elles se dressent ;
L'aigle crie aux Français : Sauvez le Léopard.

Et le soleil, versant les flots de sa lumière,
Fait tomber les vapeurs et l'on voit au grand jour,
Le danger des Anglais et de l'armée entière.
Tenez bien tête Anglais, nous aurons notre tour.
Des masses d'ennemis !.. oui... nous saurons les battre,
Canrobert et Raglan amènent du renfort.
Il faudra, malgré tout, lutter un contre quatre.
Aux Anglais, aux Français la victoire ou la mort.

Alors le Léopard a rugi d'allégresse,
Il a vu les Français à son aide accourir,
Eux... ils sont toujours prêts au cri de la détresse ;
Et les Anglais aussi toujours prêts à mourir,
Pour satisfaire au vœu de l'orgueil britannique,
Pour rester à la place où commande un devoir.
Ils ont devant la mort une attitude antique ;
Devant elle guerriers admirables à voir !

Le carré de Cathcart s'ébranle, à l'offensive
Il veut avoir aussi sa glorieuse part ;
Il a si noblement fourni la défensive.
A peine a-t-il marché qu'on voit tomber Cathcart
Il fallut qu'il tombât, en héros, sur l'arène ;
Il laisse aux siens l'exemple et des regrets amers.
Allez-donc le venger grenadiers de la Reine,
Oui, vous le vengez bien grenadiers, higlanders...

Avec les grands hourras, les cris vive la Reine,
A retenti le cri de vive l'Empereur.
Venus au pas de course et sans reprendre haleine,
Les Français sont en ligne et font, avec fureur,
Leurs feux précipités, leurs feux roulant sans cesse.
Mais les rangs ennemis sont fermes devant eux
Sur leur masse compacte il faut que l'on se presse,
Croisons la bayonette, à quoi servent nos feux...

Vite à la bayonette, ont crié les zouaves :
Canrobert satisfait de leur sublime élan,
Dit à Bosquet allez, donnez l'ordre à vos braves,
De rompre le réseau de soldats d'Astrakan.
Oui... d'ouvrir à nos coups leur muraille vivante,
Pour n'en voir à l'instant que tronçons et débris.
Et les Russes au choc reculent d'épouvante,
Les grands ducs se font voir, relèvent leurs esprits.

N'importe, il faudra fuir, en la présence même,
Russes de vos grands ducs... vous avez beau tirer
Sur les Français groupés au drapeau du sixième.
Le héros qui le porte atteint vient d'expirer,
Sa main le tient serrant... un Russe l'en arrache
Et dans les rangs des siens le jète... oh ! dit Camas
Nous irons tous chercher notre drapeau sans tache,
Dans les rangs ennemis, nous ne l'y laissons pas.

Sa cohorte le suit, elle se précipite,
Mais Camas est tombé dans les flots de son sang ;
Oh ! nous le vengerons dans le sang moscovite.
Déjà des ennemis fléchit le premier rang ;
Et les cris en avant transportent tous nos braves,
Et les Français au cri de : Vive l'Empereur !
Et toujours les premiers, les valeureux zouaves
Ont des rangs ennemis ouvert la profondeur.

Leur ligne se disloque, alors c'est la mêlée,
Et l'on s'y précipite, l'on combat corps à corps,
De nouveaux ennemis regorge la vallée,
Sont-ce les plus nombreux qui seront les plus forts ?
Non, comme à Marathon, les enfants de la Grèce,
Les Zouaves sont là, les Chasseurs, les Turcos,
Luttant un contre quatre... ils ont valeur.. adresse..
L'adresse apprise aux camps des leçons d'Amoros.

L'art aida la valeur... magnifique ressource !
Nous lui devons l'éclat de nos lauriers nouveaux.
Comme un torrent qu'arrête au milieu de sa course,
Une digue opposée aux fureurs de ses eaux,
Les Russes refoulés tombent dans la vallée,
Les morts sur les vivans, les vivans sur les morts.
Notre canon en fait une affreuse mêlée.
Ils sont les plus nombreux, nous sommes les plus forts.

La hauteur d'Inkermann devient monumentale,
L'Angleterre et la France y signent leur grand nom.
Souvenir du succès de la force morale,
Sur la force innombrable ainsi qu'à Marathon
Marathon, Inkermann, grands tableaux de l'histoire,
On y voit Callimaque et le brave Cathcart,
L'héroïque Camas immolés à la gloire ;
Gloire à l'aigle française, et gloire au Léopard !

Siège de Sébastopol.

Prenons Sébastopol ! que cette forteresse
Ne soit plus désormais qu'un pacifique port,
Que Sinope n'ait plus en elle une maîtresse,
Prête à porter le fer et la flamme à son bord.
Et nous cessons d'y voir ces Palus-Méotides,
D'où vinrent se ruer sur les faibles Romains,
Des nomades du Don les hordes homicides,
Les *Vandales*, les *Huns*, les *Suèves*, les *Alains*.

Devant Sébastopol la flotte avançait fière,
Et faisait retentir le bruit du branlebas,
Mais neuf vaisseaux coulés formaient une barrière,
Qui trompa la valeur d'Hamelin, de Dundas.
Et par terre et par mer l'on fait feu sur la rade,
L'incendie et la mort courent dans le rempart.
Hamelin veut franchir l'étonnante estacade !
Il n'a pas sous le feu quitté son banc de quart.

Un ennemi nombreux, vaillant et plein de ruse,
Défend Sébastopol... formidable rempart !
Et l'on crie à l'assaut... Canrobert le refuse,
L'immense forteresse a frappé son regard.
Les murs, les forts percés de deux mille embrasures,
Ne laissent point de prise aux plus vaillants assauts,
Nos canons y feront aussi des ouvertures,
Oui... le génie aidant par de savants travaux.

La nuit nous enveloppe et son profond silence
A couvert les chemins des soldats travailleurs ;
Vers les points jalonnés par la haute science
Qui des plus forts remparts réduit les défenseurs,
La tranchée est ouverte et quand le jour l'éclaire,
Sébastopol la voit et lance ses boulets ;
Ils partent vainement contre des sacs à terre,
Ou contre les talus de profonds parapets.

Beau soleil d'orient, que ton disque étincelle,
Comme aux monts de l'Alma d'un éclat radieux !
Devant Sébastopol qu'à chaque parallèle,
Il donne son aspect à nos soldats joyeux.
L'éclat de ses beaux jours soutiendra leur courage,
Mais déjà les hauts monts se couvrent de vapeurs,
Et des flancs du Caucase on voit venir l'orage,
Le vent froid a soufflé de toutes les hauteurs.

Et c'est la nuit humide et la nuit glaciale,
Otant à nos soldats le repos, le sommeil,
Mais elles n'ôtent rien à leur force morale,
Ils sont à leur devoir d'un entrain sans pareil.
La neige à gros flocons tombe et couvre la terre,
Ils y sont sans abris et ne murmurent pas.
Que sont jamais pour eux les travaux de la guerre,
La gloire les soutient, héroïques soldats.

Les Russes nuit et jour sortant de leurs retraites,
Toujours bien reposés, viennent nous assaillir,
Nous, nous sommes debout, nos bayonnettes prêtes,
A la lutte jamais pouvons-nous défaillir.
A quoi vous servent donc vos fréquentes sorties,
Russes, c'est pour combler nos fossés de vos morts,
Au beau jour d'Inkermann nous gagnions deux parties
Forey vous ramenait chaudement dans vos forts.

C'est alors que Lourmel, en vous donnant la chasse,
Tombe au pied de vos murs atteint d'un coup mortel
Sur vous tous il voulait pouvoir faire main basse,
Ce fut ton beau vouloir intrépide Lourmel.
Chaque jour, chaque nuit, des actes héroïques
Des Français, des Anglais signalent la valeur,
Siège vraiment fameux qui des sièges antiques,
Et de ceux de nos temps efface la splendeur.

Le soleil semblerait quitter ces latitudes,
Dans l'athmosphère à peine il en perce un rayon;
Les courages partout sont aux épreuves rudes;
La brume sur la mer couvre au loin l'horizon,
Et l'on voit nos vaisseaux battus par la tempête,
Emportés par les flots, on n'entend plus leurs cris,
O mer apaise-toi... la tourmente s'arrête,
Mais les bords sont couverts de funestes débris.

Des mauvais jours enfin a fini le passage,
Le ciel de la Crimée a repris sa douceur;
Canrobert lit au camp un important message :
Il dit que la Russie a changé d'empereur,
Mais qu'Alexandre veut ce que voulait son père
Qu'il veut dicter la paix, jamais la recevoir.
Le Czar n'emporte pas au tombeau sa chimère;
Contr'elle la raison arme tout son pouvoir.

Enfin nos gros canons convergent sur la place,
Obusiers et mortiers ont ouvert leur grand feu;
L'horizon enflammé dans un immense espace,
En rouge d'incendie a changé son ciel bleu;
Et de Sébastopol le vaste polygone
Résiste à tant de coups, nulle brèche à ses forts;
Une triple muraille en avant la couronne
Des ouvrages partout défendent leurs dehors.

Et le bronze et le fer couvrent les citadelles,
Qui de Sébastopol nous dérobent le seuil,
Une flotte tranquille assise au milieu d'elles
Dans un bras de sa mer se baigne avec orgueil;
On prend une ambuscade, on prend la contr'approche,
OEuvre de Todleben, l'Archimède du temps,
Qui pense nous briser aux œuvres de la roche;
Laissons-les pour monter à ses retranchements.

Canrobert veut combattre à son rang secondaire,
Il donne à Pélissier son haut commandement,
Veut envers l'Empereur être moins solidaire,
En lui gardant toujours un entier dévouement ;
Pélissier, noble cœur, du chef de notre armée,
Qui laisse des travaux qu'il peut bientôt finir,
Et qui lui donnent droit à tant de renommée,
Prend la place à regret... il saura la tenir.

La Contr'Approche, le Mamelon-Vert, Carrières, Expédition de la Mer d'Azoff Bataille de la Tchernaïa.

A l'œuvre vétéran des gloires africaines !
Vous avez hier encor déployé les talents,
Qui vous ont déjà mis au rang des capitaines,
Vous avez bien conduit nos braves régiments.
Ils ont de Gorschakoff, ce nouvel adversaire,
Qui pensait quelque nuit nous jeter à la mer,
Bien su déconcerter le projet téméraire,
Ce fut à l'arme blanche, à la pointe du fer.

Reste le Mamelon, ouvrage formidable,
D'où Gorschakoff croit bien nous arrêter encor,
Mais devant nos soldats est-il de lieu tenable.
Une phalange est prête, elle a pris son essor,
Court à la bayonnette au sommet du Sapône ;
La lutte corps à corps ne semble pas finir,
Mais un drapeau planté sur la pointe du Cône
Annonce le succès qu'on voulait obtenir.

De son côté Raglan lance sur les Carrières
Ses braves grenadiers, ses fameux higlanders,
C'est un flux et reflux de cohortes guerrières,
Avançant, reculant comme le flot des mers.
La lutte est acharnée... à qui donc la victoire ?
Elle est à vous, Anglais.. on comprend vos hourras
Vous aussi vous ouvrez une page à l'histoire,
Oui, vous êtes vainqueurs, héroïques soldats !

On pleurait Viénot.. on pleure Lavarande..
L'illustre Brancion, tant d'autres avec eux...
Les chefs de nos soldats quand la gloire commande,
Les premiers du combat bravent toujours les feux;
S'ils meurent qu'on les venge et que pour la victoire,
Leur mort puisse servir : est ce qu'ils ont au cœur.
Oui, nous les nommerons aux fastes de la gloire,
Eux qui sont morts pour nous et pour notre Empereur.

Malakoff se découvre en immense octogone;
On bat ses murs en brèche, on va donner l'assaut,
Oh ! Mayran a trop vite engagé sa colonne,
Brunet, de son côté, s'élance aussi trop tôt,
Chaque colonne en vain sur Malakoff s'élance,
Un feu si meurtrier les ramène au départ;
Et l'orgueilleuse flotte approche et les relance;
Mais nous nous vengerons et d'elle et du rempart.

Oh ! Mayran, oh ! Brunet, sont les premières victimes
De la fatale erreur qui nous coûte si cher,
Qu'on ne reproche rien à leurs mânes sublimes,
Ils sont morts en soldats et d'eux chacun est fier;
Allons, il faut venger leurs fameux sacrifices.
Retournons à l'assaut, enlevons cette tour,
Le génie à la sape en va faire justice,
Oui.., Pélissier nous dit : Nous aurons notre tour.

Et pourquoi les vaisseaux font-ils l'appareillage,
Ils vont de la croisière étendre les réseaux;
Nos marins sont vaillants en mer, même au mouillage.
Pour se battre avec nous ils quittaient leurs vaisseaux.
Nos vaisseaux vont au Don croiser la double rive
Et loin d'Enicalé flottent leurs pavillons,
Sans peur ils ont franchi la bouée explosive.
Quelle part à la gloire ont Bruat et Lyons !

Ils sont tous deux dans Kerch... Là s'éleva Nymphée,
Cité de Mithridate et son dernier séjour ;
Mithridate fuyant les armes de Pompée,
Y vint de la fortune attendre le retour.
Il l'attendit en vain.. dans ce nouveau repaire,
Sur ce grand ennemi Pompée allait courir ;
Pharnace le prévint, il fit mourir un père,
Ou par son abandon le força de mourir !

Une lueur de l'aube étincelle au Caucase.
Les camps sont tous debout pour saluer le jour,
Le soleil de ses feux resplendit, nous embrase,
Une fête commence aux *vivats* de l'amour,
Que le grand Empereur inspirait à l'armée,
Que possède à jamais l'héritier de son nom ;
Nos cris ont retenti dans la tour alarmée
Qui mêle à nos *vivats* le bruit de son canon.

Et l'on s'ébat aux sons des corps de l'harmonie,
La joie à tous les cœurs ne laisse aucun repos ;
Balaclava répond à notre symphonie,
D'amples libations et les plus gais propos
Remplissent de la nuit les heures qui s'écoulent,
Comme à l'œuvre de guerre et quand sur Malakoff,
On charge nos mortiers, que leurs décharges roulent ;
Mais pourquoi retentit le nom de Gorschakoff.

Gorschakoff nous surprend, il est pris à son piège,
Il veut, pour se venger d'Inkerman, de l'Alma,
Nous battre, nous forcer à lever notre siège.
Il a, pour ce grand but, franchi la Tchernaïa.
La couronne de chêne et l'obsidionale
Ne ceindront pas son front.. l'une est à Pélissier,
Qui prend bientôt aussi la couronne murale.
Comme lui Gorschakoff est homme du métier.

Il peut nous foudroyer des hauteurs Makensie,
S'il ne peut pas nous battre au-delà de Tractir ;
Vers ce point prend son vol l'aigle de Moscovie
Mais la nôtre y viendra, l'en fera repartir.
Sur les Russes Camou tombe à la bayonnette,
Trouble leur multitude, il la fait chanceler,
En arrière déjà l'ennemi se rejette,
Jusqu'au pont de Tractir on va le harceler.

Gorschakoff, quel chagrin, son orgueil le surmonte,
Il tente un second choc... sera-t-il plus heureux,
Vers les monts Choulion La Marmora l'affronte,
Et le tient en échec par ses habiles feux.
Il lance contre nous ses colonnes d'élite,
Pélissier vient, les brise... intrépide lutteur,
Quelle plume arrachée à l'aigle moscovite !
Elle orne le bouquet offert à l'Empereur.

Prise de Malakoff

ET CHUTE DE SÉBASTOPOL.

Pélissier a le gain d'une grande bataille
Gorschakoff fuit au loin dévorant son affront,
Pélissier.. Malakoff.. l'assaut à sa muraille !..
Qu'une palme murale orne bientôt ton front !
Nos sapeurs ont mené jusqu'au pied de l'enceinte,
Nos fameux artilleurs ont fait taire ses feux..
Compte sur tes soldats, oui sur eux sois sans crainte,
A l'assaut, à l'assaut..! va-t-il combler leurs vœux ?

Bosquet et Macmahon commandent les colonnes,
Qui vont à Malakoff enfin donner l'assaut ;
Jamais ils n'ont au feu ménagé leurs personnes,
Nos guerriers avec eux ne feront pas défaut.
Nos guerriers sont émus à leur noble parole !
Mais pourquoi vers la terre ont-ils baissé les yeux !
Un prêtre a fait sur eux resplendir son étole ;
Il bénit, il absout.. leurs fronts sont radieux.

Ils auront de l'assaut les palmes immortelles,
Pour l'Empereur, la France, il est beau de mourir,
Qu'ils paraissent heureux sortant des parallèles,
Sur les Russes enfin ils vont encor courir.
Au front de Malakoff les voilà qui bondissent ;
Les uns dans les fossés se sont précipités,
S'attachent à l'escarpe et bientôt la gravissent,
D'autres passent des ponts en un clin d'œil jetés.

Les tambours, les clairons battant, sonnant la charge,
Exaltent nos soldats dans leur fougueuse ardeur ;
« En avant, en avant, faisons la brèche large ; »
Mac-Mahon s'y cramponne, il n'a jamais eu peur.
Au premier choc pourtant on n'a pas la victoire ;
La lutte est sans relâche entre tous les guerriers
Les Russes à la lutte ont leur part à la gloire.
Sur leurs pièces l'on voit tomber leurs canonniers.

Les Russes refoulés, blottis sous des blindages,
Nous frappent sans risquer le moindre de nos coups ;
Mais nos chasseurs vers eux ont frayé des passages,
Ils vont les fusiller au milieu de leurs trous.
Ils ont tourné leurs forts, courant sur les traverses,
Comme on voit les chevreuils sur les rocs bondissants,
Ils ont franchi par bonds les entraves diverses,
Balayé Malakoff des Slaves rugissants.

Malakoff aussitôt à la gorge est fermée ;
C'est un des beaux exploits de nos hardis sapeurs ;
Mais pour nous en chasser revient toute une armée,
Qui bientôt s'en ira devant nos feux plongeurs.
Enfin dans Malakoff finit la grande lutte,
Les Russes revenus si forts nous assaillir,
Ont laissé Malakoff ! arboré sur sa butte
Le drapeau du vingtième a bien su se tenir.

Les Russes de leurs morts nous font une muraille,
Nous les voyons s'enfuir et fuir de toutes parts,
Le drapeau tout en locs, criblé par la mitraille,
De tous nos combattants attire les regards.
Du drapeau glorieux de ses nouvelles franges,
L'aspect a rassuré les Anglais au Redan,
A la droite, à la gauche exalté nos phalanges,
Prêtes à prendre alors un décisif élan.

La victoire jamais n'avait été douteuse,
Mais était disputée avec acharnement,
Oh ! nous comptions sur elle.. elle nous est coûteuse
Mais rien ne doit coûter à notre dévoûment.
Quand tant de chefs tombaient en tête des phalanges
Que disaient leurs soldats : *en avant, vengeons-les !*
Ils ont tous mérité d'éternelles louanges,
Les héros de tous tems par eux sont égalés.

Grenadiers Oudinot et de la vieille garde
Vous devez être fiers.. vous voyez vos neveux
De la Grande Bretagne et du royaume Sarde
Transporter les guerriers qui marchent avec eux,
Pour dompter à bon droit les enfants des vieux Scytes,
Et les soumettre enfin à la droite raison,
Qui disent, les voyant courir aux Moscovites :
« Ils sont fils des guerriers du grand *Napoléon.* »

Quels Bardes chanteront jamais l'apologie
Des vainqueurs d'Inkermann et de Sébastopol,
Rendront un digne hommage à leur nécrologie,
A tant d'illustres morts, aux Bisot, aux St.-Pol
Aux Breton, aux Rivet, à ce brave Marolles,
Devant ses grenadiers mourant percé de coups,
Leur disant jusqu'au bout d'entraînantes paroles.
Ces Bardes Belmontet, Barthélemy, sont vous.

SÉBASTOPOL.

Des Russes la nuit vient dérober la retraite,
Nous attendons le jour sur les remparts conquis,
L'ennemi sur lui-même a vengé sa défaite,
Ses vaisseaux dans les flots se sont ensevelis.
Des détonations ont fait trembler la terre,
L'espace illuminé par leurs globes de feux,
Nous fait voir la cité qui ressemble au cratère,
D'un volcan dont la flamme épouvante les yeux.

Les feux se sont éteints, dans l'ombre et le silence
Nous finissons la nuit, sans crainte, mais émus..
A l'abri du danger nous a mis la prudence...
Au grand jour quel aspect !.. ce sont débris confus,
Monuments renversés, grands amas de ruines,
Les Russes de leurs mains ont détruit leur cité,
Quels horribles dégâts la nuit ont fait leurs mines,
O comble de l'orgueil, de l'inhumanité !

Le Czar se croit bien grand par de tels sacrifices,
Il ne veut rien laisser à ses nobles vainqueurs,
Il veut faire sur eux tomber ses édifices.
L'honneur, l'humanité dominent dans nos cœurs
Le sophisme, l'orgueil, l'ambition, l'audace
Sont les conseils du Czar ; c'est son droit prétendu,
Le grand enseignement que lui donne sa race.
Ce que la guerre eut pris la paix l'aurait rendu.

Eh bien, nous l'aiderons à finir son ouvrage,
Il tire sur sa ville, il atteint nos soldats.
Nous de détruire aussi nous aurons le courage,
A la sape, à la mine et ne nous lassons pas,
Faisons sauter ses docks, crevons ses casemates,
Qu'il ne puisse jamais y refaire un rempart ;
Jamais remettre à flot ses vaisseaux, ses frégates,
Qui pour se relever espéraient du hasard.

Sébastopol n'est plus, sa chute mémorable
Retentit à jamais dans les fastes des tems.
Avec elle périt sa flotte formidable,
Qui git toute entière au fond des élémens,
Juste punition de sa récente audace,
Elle a tiré sur nous et nous a fait du mal.
Jamais flotte des Czars n'y reprendra sa place
Tout est perdu pour eux, cité, flotte, arsenal.

Les siècles jusqu'ici n'avaient pas de leur gloire
Aux champs cimériens laissé de monumens,
L'Angleterre et la France aux pinceaux de l'histoire
Donnent à signaler un grand événement,
Plus grand que n'en ont vu ces bords cosmopolites
Des Anglais, des Français c'est la noble union,
Mémorable, inouïe, assignant les limites
Que ne dépasse plus l'esprit d'invasion.

Oui les tems n'avaient pas laissé de leur passage,
Aux champs cimériens d'éclatants souvenirs ;
Le nôtre y renversa la nouvelle Carthage
Qui voulait à ses lois bientôt nous asservir.
Alexandre y passa sans subjuguer les Scythes
L'orgueilleux conquérant n'en reçut que dédain,
Et nous, nous y domptons leurs fils les Moscovites,
Souvenir qui doit vivre au cœur du genre humain.

Souvenir d'une armée allant vers le *Caucase*,
Punir un potentat de sa témérité ;
Et rétablir la paix sur l'éternelle base
Que posent la raison, le droit, la vérité.
La raison... c'est le cri qui s'élève de l'âme,
Contre l'ambition blessant le droit d'autrui.
A la raison le Czar fit un outrage infâme,
Pour elle l'Occident s'est armé contre lui.

CONFÉRENCES.

L'hiver aux combattants vient de fermer la lice ,
Le froid hyperborée arrête toute ardeur.
Que le tems du repos à la paix soit propice.
Et nous avons toujours un grand médiateur.
Le César des Germains, empereur pacifique,
Que ne peut aveugler un rêve ambitieux ,
Fait revoler au Czar, sur le fil électrique,
Un message de paix : le Czar ouvre les yeux.

Cette fois l'Autocrate a compris l'évangile
Un rayon lumineux éclaire sa raison ;
Il ne franchira plus , sous prétexte futile
La barrière du Pruth... de sa noble maison
L'Occident soutiendra les droits héréditaires,
S'il veut à sa pensée en ce moment s'unir ;
Salut au comte Orloff, à tous les mandataires
Qui le dotent de la paix , le présent... l'avenir !

Peuples civilisés ! entre nous plus de guerre ,
La guerre est un outrage envers l'humanité,
C'est une anomalie aujourd'hui sur la terre,
Au pôle où nous vivons où luit la vérité !
Espérons une paix faite sans artifices,
De chaque dynastie inaugurant les droits...
Oui... vous garantirez , majestueux comices
Le repos éternel des peuples et des rois.

Oui , vous nous donnerez une paix séculaire,
Qui ne troublera plus la folle ambition,
Nous verrons désormais son arbre tutélaire
Des peuples de ce pôle abriter l'union.
La paix fait obéir à chaque hiérarchie
Au peuple, chaque jour, prépare un jour meilleur.
De la religion et de la monarchie
Elle fait respecter les pompes, la splendeur.

La guerre... c'est l'armée au pouvoir tutélaire
Sans cesse obéissant pour le commun bonheur ;
Des œuvres de la paix la noble auxiliaire ;
Marchant toujours pour elle au chemin de l'honneur.
Tiens donc tes dards tout prêts redoutable Bellone ;
Mais ne les lance plus qu'à la voix de Pallas,
Et de tout potentat que ta force couronne,
Le trône tient debout tel qu'un mont de l'atlas.

LA PAIX.

Cent un coups de canon !.. la fin des conférences !
Paris bondit de joie aux tonnantes clameurs.
Cette fois c'est la paix comblant nos espérances,
Qui relève en ce jour, pour ses admirateurs,
Son magnifique autel, et sur bases solides,
Inébranlable aux coups des fougueux ouragans.
Nous, nous le soutiendrons de nos bras intrépides.
Saluons donc son arbre aux rameaux triomphants.

Son ombrage en ce jour couvre de nos Alcides
Le fils dans le berceau... le fils de l'Empereur.
Les tems en s'éloignant dans leurs courses rapides
N'en verront plus changer l'étonnante verdeur.
Au pôle la raison fait briller l'éclectisme
De ses préceptes saints... au pied de ses autels,
Elle voit abjurer le barbare égoïsme.
Il n'engagera plus à de sanglants cartels.

O vous Napoléon, vous Reine d'Angleterre,
Vous avez par la guerre illustré vos drapeaux.
Vous les avez levés, c'est pour rendre à la terre
La paix... recevez-en les hommages nouveaux ;
Ses Rois visiteront Westminster et le Louvre.
Peuples, Russes, Germains, le drapeau de la paix
Flotte à notre frontière... à jamais il vous ouvre
Les joyeuses cités et les cœurs des Français.

Mâcon, Imprimerie de Romand.

www.ingramcontent.com/pod-product-compliance
Lightning Source LLC
Chambersburg PA
CBHW061629180626
46818CB00005B/2299